解碼福爾

Sherlock
Holmes

SHERLOCK HOLMES

大偵探福爾摩斯
解碼緝兇

妻子的恐懼

「每天吃完早餐後，能與你這樣肩並肩地散散步，實在好幸福啊。」年輕又英俊的**丘比特**，向身旁的妻子說。

　　「是啊，實在太幸福了。」丘比特太太茫然地看着山下的維多利亞港，**若有所思**地應道，「紐約沒有山，更不要說山頂公園，能在向海的山頂上散步，簡直是**奢侈**呢。」

　　這時，一陣從**海上吹來的風**掠過，把丘比特太太那頭金黃的秀髮都吹起來了。

　　「你看着海的樣子好美。」丘比特**含情脈脈**地看着妻子說。

　　他記得，第一次在郵輪的甲板上與妻子**邂**

近時，就像現在那樣，她憂悒地看着那一望無際的海洋，海風吹起了她的秀髮，刹那間就把他迷住了。

「別開玩笑了。」丘比特太太有點害羞地轉過頭來說，「我有點累，不如坐下來歇一下。」

「好呀。」丘比特拉着妻子的手，在面向公園草坪的一張長椅上坐了下來。他們每天

都是這樣，早上7點鐘左右，就會從**山腰的大宅**出來走上斜坡道，一直散步到山頂公園。在公園走了一圈後，就在同一張長椅上坐下來歇一歇，然後再沿斜坡道下山回家去。

　　一年多前，丘比特從倫敦應聘來港，他來之前去了一趟紐約探親，然後再從紐約乘郵輪到香港來。他沒想到，這趟*孤身之旅*改變了他的人生。因為，他在郵輪上遇上了也是孤身出行的艾爾茜，兩人**一見鍾情**，馬上墮入愛河，抵港兩個月後已結為夫婦。

　　「艾爾茜，你最近好像**心事重重**似的，沒甚麼吧？」丘比特雖然覺得妻子那憂悒的神情特別美，但對她的**悶悶不樂**也很擔心。

　　「沒甚麼……」

　　「不是與那封從*美國寄來的信*有關吧？」

　　丘比特太太有點不高興地瞥了丈夫一眼，說：「我們不是**約法三章**，你絕不會過問我以往的事情嗎？」

　　丘比特頓時語塞，只好點點頭說：「是的，我不對。我不該問。」他說完後，還想找些說話來打開妻子的心扉，可是**搜索枯腸**也找不到合適的話題。於是，他只好眺望着前方不遠處的幾個**晨運客**，看着他們**練拳**。

丘比特從妻子口中聽說過，中國人都喜歡在早上**練拳**，有一種叫**太極拳**的拳法更是最受老人家歡迎。但他不懂拳法，並不知道那幾個晨運客正在練的是甚麼拳。

看着看着，突然，丘比特聽到身邊的妻子低聲地發出了「**啊**」的一下驚呼。他轉過頭看去，只見妻子臉色**刷白**，仿似看到了甚麼可怕的東西似的，連那兩片薄薄的嘴唇也不斷地**顫動**着。

「怎麼啦？」丘比特問。

「**沒**……**沒甚麼**……」丘比特太太勉強地擠出一句話，「我……我有點不舒服，不

如……不如回家去吧。」

　　說完，丘比特太太已站起來，像逃似的頭也不回地急步離開。丘比特**不明所以**，但也只好追着妻子走去。他這時哪會知道，一個邪惡的勢力已**步步進逼**，將會把他推向**萬劫不復**的境地。

「**上環荷李活道。**」福爾摩斯登上了停在馬路邊的一輛**人力車**，以剛從酒店門僮那裏學來的廣東話，向胖子車夫說。

「荷李活道？」胖車夫點點頭，然後向旁邊的另一輛人力車的瘦車夫說，「老外說要去上環荷李活道。」

「知道啦！**嗨！**」瘦車夫回應一聲，雙腿用力一蹬，好像毫不費力似的，把華生乘坐的那輛人力車拉動起來了。

「**嗨！**」胖車夫也不示弱，連忙呼喊一聲，也把車子拉動起來了。

「我知道，你来香港度假之前，已決定不會投資**南非的礦場**了。」福爾摩斯向鄰車的華生說。

「你怎會知道的？」華生問道。

「這讓你**嚇一跳**吧？」福爾摩斯狡黠地笑道。

「我確實被你嚇了一跳。」

「那麼，你該把這個回答寫下來，並簽上你的**大名**。」

「為甚麼？」

「因為5分鐘後，你又會說太簡單了，不值得**大驚小怪**。」

「別嚇唬人，我才不會呢。」

「**嘿嘿嘿！**」福爾摩斯笑道，「把推理按着邏輯順序，譬如由①至⑥地

一個一個道出的話，讓人理解並不難。不過，要是把推理的中間部分，譬如②至⑤省略了，馬上由起點①跳到結論⑥的話，人們大多會被嚇一跳。」

$$①→②→③→④→⑤→⑥$$

「你想說甚麼就快點說吧。」華生對老搭檔

的**故弄玄虛**顯得不耐煩。

　　「記得嗎？在出發來香港的前一個晚上，你很晚才回家。當時我還未睡，看到了**起點①**——**你左手的虎口**，於是得出**結論⑥**——**你不會投資南非礦場**。」

　　「是嗎？我倒看不出有何關連。」

　　「表面看確實沒有，因為由①至⑥之間，省略了②至⑤。」接着，福爾摩斯按順序向華生說出了他的推理。

① 啟程來香港的前一晚，你回到家裏時，左手的虎口上沾了白粉。

② 這證明你打過桌球，因為你為了穩定球桿，才會在左手的虎口上抹上白粉。

③ 這證明你見過瑟斯頓，因為你極少打桌球，除非是他邀你作伴。

④ 你早前說過，瑟斯頓正考慮投資南非礦場，他邀你合資。

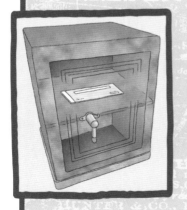

⑤ 由於你沒有保險箱，你的支票簿一向鎖在我的保險箱裏，而你最近並沒問過我開保險箱，證明你不會動用大筆資金。

⑥ 所以，我知道你不會投資南非的礦場。

「太簡單了！」華生不禁失聲叫道。

「哇哈哈！」福爾摩斯**揚揚得意**地高聲笑道，「看！華生，你不是說『太簡單了』嗎？」

「哎呀，又找空子取笑我，太過分了。」華生口中不滿，但心裏卻對老搭檔的推理佩服得**五體投地**。

說着說着，兩人乘坐的人力車已抵達上環的荷李活道。

「到了。」華生指着前方的一棟建築物說，「據我的朋友在信中說，這家醫院叫 **香港華人西醫醫院**，是第一家可以讓華人

看西醫的地方，但新開張缺少西醫。我的朋友一向喜歡東方文化，他年前知道這裏請醫生，馬上就**應聘**了。那傢伙真幸運，還在赴港的郵輪上認識了現在的妻子呢。」

「所以，這次度假你就挑選了這個名為**東方之珠**的香港了。」

「是啊。」華生說，「朋友新婚嘛，我當然要來恭賀一下啦。」

不一刻，他們已走進了這棟新建的醫院，找到了華生的朋友**希爾頓·丘比特**。

在寒暄一番之後，華生已察覺老朋友**愁容滿面**，於是打趣地問道：「怎麼了？工作不順利嗎？還是被太太**管束**得太厲害，有點後悔結婚了？」

「沒這樣的事。」丘比特搖搖頭，「只是……最近遇到一件很**離奇**的事，不知道怎樣處理罷了。」

「很離奇的事？」福爾摩斯眼前一亮，好奇地問，「我最喜歡就是探究**稀奇古怪**的事，可以說來聽聽嗎？」

「是嗎？」丘比特帶着**疑惑**的眼神，看看這個剛認識的朋友，又看看華生。

「對不起，剛才介紹時沒說清楚。」華生以怪責的眼神看了看福爾摩斯，「我這位朋友其實是個**私家偵探**，最喜歡**多管閒事**。你不方便回答的話，可以不答。他不會介意的。」

「華生，你這樣說是否有點過於**露骨**？」福爾摩斯以戲謔的口吻道。

「但你才剛認識希爾頓，怎可以馬上一頭栽進人家的私事中？」

「**不！**」丘比特馬上制止華生說下去，「其實，我正在煩惱如何拆解一個**難題**，福爾摩斯先生是偵探的話，或許可以幫忙。」

「**助人為快樂之本**，我樂意效勞。」福爾摩斯狡黠地瞥了華生一眼，問道，「請問是甚麼**難題**呢？」

「是這樣的……」丘比特從口袋中取出一

張 紙條 ，並把它攤在桌上說，「你怎樣解釋
它？」

　　福爾摩斯和華生湊過頭去看，那是一張看
來是從記事本上撕下來的紙條，上面繪畫着一
排看似正在跳舞的火柴人。

　　「看來像是一幅劣拙的畫，是小孩子繪畫
的嗎？」華生問。

「我也不知道。」丘比特搖搖頭，然後向大偵探說，「福爾摩斯先生，既然你喜歡探究**稀奇古怪**的事，請問你可以告訴我紙上的畫是甚麼意思嗎？」

「乍看只是像一隊火柴人正在**手舞足蹈**地跳舞，你為何對這些**圖像**感興趣呢？」福爾摩斯反問。

「我對這些**圖像**一點興趣也沒有，但內子卻不一樣，她看到這些圖像後**非常害怕**，雖然她甚麼也沒說，但我從她的眼神已可看出來。」

不能說的過去

福爾摩斯掏出放大鏡，對着紙條細看了一會，說：「紙條上看來沒有隱形的文字，謎底應該就是這些圖案本身。」

「你也沒法解讀這些圖案嗎？」丘比特問。

「能否解讀仍言之尚早，因為我必須花點時間去研究。」福爾摩斯說，「此外，我如果能多了解

一點 **背景資料**，相信對解讀有很大幫助。」

「背景資料？甚麼意思？」丘比特問。

「即是關於尊夫人的事情。」華生插嘴道，「感到害怕的是尊夫人，我們必須對她有所了解。」

「好的，且聽我道來。」丘比特說，「我來此地上任之前，去過**紐約**探親，然後再乘郵輪從紐約來港。在船上，我結織了現在的妻子**艾爾茜・李**。據她說，她的祖父是**中國移民**，所以有個華人姓氏。數十天的郵輪生活實在很苦悶，幸好結識了艾爾茜，我們談得很投契，很快就**墮入愛河**。我怕下船後會失去她，所以，在抵達香港的前一天，我鼓起勇氣向她求婚，她也是個**敢想敢作**的女人，馬上就答允了。不過，她叫我在郵輪泊岸之前考慮

清楚，以免到時後悔。」

「啊？她為甚麼這樣說？」福爾摩斯好奇地問。

「因為，她要我必須答允**一個條件**……」丘比特深深地吸了一口氣說，「她對我說：

『親愛的希爾頓，

你的出身很好，

是一個**完美無瑕**

的人，我卻

不是。

我在登

上這艘郵輪之前，曾經與一些**社會敗類**糾纏不清，雖然那是我無法控制的事情，但也不能否認那是我一生的**污點**。不過，我已決心忘記那些令人痛苦的過去，也不想再提起。』」

「啊……」

「不過，她繼續說：『希爾頓，你不用擔心。我的人生雖有污點，但我沒做過任何令自己感到羞愧的事，你娶到的，是一個潔白的妻子。不過你必須保證，不會過問我的過去，一句也不會問。如果這個條件太苛刻，我們下船後就是陌路人，不再相見。』」

「那麼，你答允了她的條件？」福爾摩斯問。

「是，我太愛她了。而且，我知道她是個老實人，不會說謊。我沒有理由不娶她為妻。」丘比特說，「我也一直遵守諾言，沒有問及她的過去。我們生活得

很愉快，一直 相安無事 ，直至——」

「直至這紙條的出現？」福爾摩斯揚一揚手

上的紙條，問道。

「不，直至一個月前，就在6月底，煩惱的

預兆就出現了。」丘比特苦澀地說，「那天，

艾爾茜收到一封由 紐約寄來的信 ，她的臉

立刻變得刷白，看完信後就把它燒了。」

「你怎知道那是紐約寄來的信？」福爾摩斯

問。

「因為僕人首先把信交

給我，我看到信上的 郵票

和 郵戳 。」

Miss Elsie Lee
60 Severn Road,
The Peak,
Hong Kong

「很好，你這麼注意細節，相信對破解難題

很有幫助。」福爾摩斯稱讚道，「對了，你有

沒有追問信上的 內容 ？」

「沒有，我得遵守婚前的承諾。」丘比特搖搖頭，「況且，艾爾茜絕口不提那封信，我也不便追問。不過，她從那天起就有點神不守舍，總是流露出戰戰兢兢的神色。」

「可惜的是，信已被燒了，否則一定可從信中看出甚麼端倪。」華生說。

「除了那封信外，一星期前的一個早上，我與她如常去山頂公園散步，她本來還是好好的，但不知為何，突然感到非常恐懼，被嚇得急匆匆地離開。」

「突然感到恐懼？」福爾摩斯問道，「她會否看到了一些**令人害怕**的東西。」

「這個……」丘比特努力地回憶，「當時天氣很好，風也不大，除了我倆之外，就像平時那樣，公園的草坪上只有幾個**晨運客**在做**體操**和**練拳**。」

「練拳？甚麼意思？」

「這是本地人的運動，並不像**西洋拳**，倒有點像我們的**體操**。」

「體操嗎？那有何特別？尊夫人怎會被嚇得匆忙離開呢？」福爾摩斯摸不着頭腦，

「唔……或許她看到了你沒注意的東西。」

「也許是吧。」丘比特不敢肯定地說，「我當時只關心艾爾茜的狀況，確實沒留意周圍有甚麼。不過，一天後，就是上個星期二，我在家中一個窗台邊上，發現一些用粉筆繪畫的火柴人。初時，我以為那只是一些頑童的惡作劇，就命僕人用水刷掉了。可是，當我在妻子面前提起此事時，她卻顯得非常緊張，還說日後見到那些圖案的話，必須先讓她看看。」

「那麼，窗台邊上的火柴人圖像，與這張紙上的有沒有關係？」福爾摩斯問。

「有！那些火柴人，看來就跟這張紙上的一模一樣！」丘比特有點激動地說。

「唔……那確實有點詭異……」福爾摩斯沉思片刻後問，「這張紙條是甚麼時候寄來的？」

「不，它不是寄來的。」

「那麼你是怎樣收到的？」

「3天前，僕人把 一疊信交給我，這張紙條就夾在那疊信中，估計是有人塞進我家門口的 信箱內的。」丘比特說，「我把紙條交給妻子看，沒想到她看了一眼就昏倒了。」

「啊！」華生詫然。

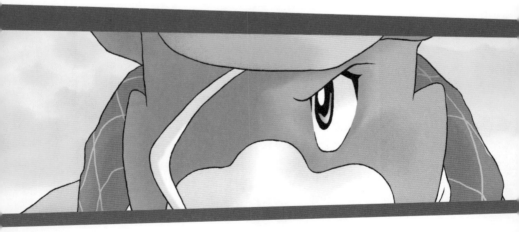

「這麼說來……」福爾摩斯眼底閃過一道寒光，「紙上的火柴人圖像一定包含着某種信

息，而這種信息肯定是一種**恐嚇**或**威脅**，所以丘比特夫人才會被嚇得昏倒。」

「既然是恐嚇，不如去報警吧。」華生提議，「警方或許會調查出誰是恐嚇者。」

「我已報警了。」丘比特有點沮喪地搖搖頭，「但警方說怎樣看也只是一種**惡**

作劇，不願意出手調查。」

「這也難怪，火柴人顯露的**信息**相信只有尊夫人才看得懂，如果她不肯透露**實情**的話，警方也不能立案調查。」福爾摩斯想了想，問道，「丘比特先生，真的不能請尊夫人把當中

信息告訴你嗎？」

「如果艾爾茜願意告訴我，她早已告訴我了。我不能強迫她，我得遵守**婚前的諾言**，只能自己想辦法。」丘比特無奈地說。

「既然如此，我們就一起想辦法吧。」福爾摩斯安慰道，「我估計那些火柴人就像**語言**那樣，應該有它獨特的**系統**。我們只要弄清楚這個系統，就能解讀當中的**意思**了」

火柴人＝語言系統
↓
意思

「是嗎？那太好了！」丘比特的眼神中終於

展現出希望。

「不過，要拆解一個獨特的**信息系統**，必須有足夠的樣本，就是說，必須有足夠的火柴人圖像，我才能全面地分析。」

「可是，我只有這一張。」

「這倒不必擔心。除非那個恐嚇者已放棄恐嚇，否則尊夫人一定會收到更多**火柴人**的圖像。」福爾摩斯肯定地說，「所以，你必須密切留意尊夫人的**一舉一動**，一看到火柴人的紙條就要收起來。如果火柴人是繪畫在牆上的話，更要把它們**臨摹**下來。」

「好的，我收集到足夠的樣本後，就馬上拿來給你看。」丘比特答道。

火柴人的恐嚇

就這樣過了一個星期，福爾摩斯和華生仍按預定的行程到處遊覽，去了好多地方。不過，我們的大偵探並沒有忘記丘比特的委託，他一有空就掏出那張紙條來看，甚至把火柴人抄在記事本上，但很快又撕下丟掉，過一會又再抄寫，但又馬上撕掉，重重複複地抄了好多次。

到了第8天，福爾摩斯和華生正想從酒店外出，丘比特卻突然出現。他看來又焦急又疲

累，只是幾天光景，已老了許多。

「你的臉色很差，怎麼了？」華生擔心地問。

「那傢伙出現了。」

「那傢伙？」

「**恐嚇**艾爾茜的人！」丘比特兩眼佈滿血絲，懊惱地訴說，「我本來可以抓住他的，但被艾爾茜**阻撓**，她拚命抱住我不放，結

果讓那傢伙逃脫了！」

「怎會這樣的？」福爾摩斯和華生詫然。

「說來話長……」丘比特歎了口氣道，「上次與你見面後，我在第2天早上出門上班時，又見到一排新畫的火柴人。」

「是紙條嗎？還是畫在甚麼地方？」福爾摩斯緊張地問。

「不是紙條，那一排火柴人畫在雜物房的門上。由於雜物房在後花園旁邊，外人只要攀過石造的圍欄就能走過去。我估計是有人在夜裏用粉筆畫上去的。」丘比特說着，從口袋中掏出3張紙條，把其中1張遞給福爾摩斯。

　　福爾摩斯接過紙條數了數：「是8個火柴人呢。你臨摹的？」

　　「你說過這些火柴人可能是恐嚇的信息，我很小心地照樣畫下來。」

　　「太好了！」福爾摩斯興奮地說，「接着發生了甚麼事？請繼續說。」

　　「我把火柴人畫下來後，就把門上的粉筆擦掉了。可是，過了兩個早上，雜物房的門上又出現了一排新的火柴人。於是，我又把它們臨摹下來。」丘比特再遞上1張紙條。

「這張是9個**火柴人**呢。」福爾摩斯看過紙條後，問道，「對了，你把紙條給尊夫人看了嗎？」

「我擔心她受驚，故意沒給她看。」丘比特說，「但過了3天，僕人在**信箱**中發現1張紙條，畫在上面的火柴人，跟我臨摹下來的那兩排火柴人竟**一模一樣**！」

「是嗎？那張紙條呢？可以讓我看看嗎？」福爾摩斯急切地問。

「僕人把紙條交給我時，不巧剛好被艾爾茜看到了，她非常驚恐地搶過紙條，看了一眼後就把它燒了。」丘比特懊惱地說。

「燒掉了？」華生說，「上面一定寫了些**恐嚇的說話**！」

「沒錯，我不能饒恕恐嚇艾爾茜的人！我一定要逮住那傢伙！」丘比特悻悻然地說，「於是，我決定在書房中**埋伏**，看看是甚麼人在搞鬼！」

「為何在**書房**埋伏？難道你的書房可以看到**雜物房**？」福爾摩斯問。

「是。我的書房面向**後花園**，就在雜物房的斜對面。」

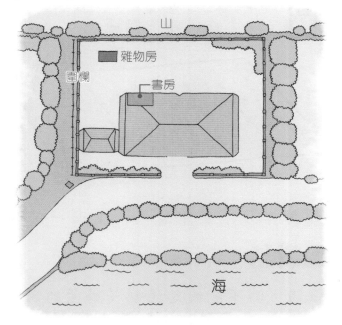

「那麼，你看到那傢伙了？」華生緊張地問。

「看到了。昨夜凌晨2點左右，我看到一個黑影閃到**雜物房**的門前停下來，好像想在門上寫上甚麼，我於是大叫……」

「**有賊呀！來人呀！後花園有賊呀！**」

丘比特大叫後，就想開門繞到後花園衝往雜物房。可是，艾爾茜突然出現在書房門口，她擋在前面激動地說：「**不要出去！有危險！**」

「不！我見到雜物房前面有人，我要去抓住那傢伙！」

「**不！**你不能出去！」艾爾茜臉帶驚恐地擋住門口，不肯讓開。

「你幹甚麼？**不要攔住我！**」丘比特用力把她推開，但她馬上從後用力把他抱住，死

也不肯放開。

丘比特好不容易才**掙脫**。可是，當他奔到雜物房時，那個黑影早已失去了蹤影。

叫聲驚動了兩個女僕，但她們來得更晚，連黑影也沒看到。之後，丘比特命僕人在花園及其他地方搜索，可是疑人已**逃之夭夭**，並沒有躲在大宅的範圍內。

決絕的 回應

聽完丘比特的憶述後，華生問道：「尊夫人為甚麼阻止你呢？」

「我問過她，但她不肯正面回答，只是說很危險，怕我會 **遭遇不幸**。我雖然很生氣，但也沒奈何。」丘比特有點沮喪地說，「不過，我在雜物房的牆上看到了幾個 新畫的火柴人，就把它們臨摹下來了。」

說完，他遞上手中最後一張紙條。

「唔？**畫在牆上？**你剛才不是說看到黑

影停在雜物房的門

前嗎？火柴人應

該畫在**門板**上才

對呀。」福爾摩斯

說。

「我也感到奇

怪。不僅如此，前

兩次畫在門板上的火柴人每個只有**一根手指**

大小，但這次畫的卻有**一個手掌**那麼大。」

「那麼大？」

「對，生怕人看不見似的。」

「**生怕人看不見嗎⋯⋯？**」福爾摩

斯沉思片刻，問道，「畫上火柴人的那堵牆面

向甚麼地方？」

「我家**背山而建**，雜物房在後花園，那堵牆面向**一個小斜坡**。」

「小斜坡上又是甚麼？」

「小斜坡上是一條有欄杆的**馬路**。」

「**那麼，站在小斜坡上可看到雜物房的那堵牆吧？**」

丘比特以疑惑的眼神看着大偵探，似乎不明白這個問題的用意。

「看來，繪畫這5個火柴人的並非那個黑影，而是**另有其人**。」福爾摩斯眼底閃過一下寒光。

「你的意思是……？」丘比特問。

「還不明白嗎？**這5個火柴人是你家裏的人畫的！**」

「甚麼？」丘比特和華生都大吃一驚。

「為甚麼這樣說？」華生連忙問道。

「我們來比較一下繪畫在**門板上的火柴人**和**牆上的火柴人**，就可得出這個結論了。」說着，福爾摩斯詳細道出他的比較。

門板上的火柴人	牆上的火柴人
①只有一根手指大小。繪畫者並不擔心接收信息的人看不見，所以毋須畫得太大。	①比手掌還要大。繪畫者擔心接收信息的人看不見，所以畫得那麼大。
②門板面向大宅。繪畫者想屋內的人看到，所以把火柴人畫在面向大宅的門板上。	②牆面向小斜坡上的馬路。繪畫者想屋外的人看到，所以把火柴人畫在面向馬路的牆上。
③兩次分別是8個和9個火柴人。繪畫者要說清楚自己的目的，所以信息量較多。	③只有5個火柴人。繪畫者只是回應門板上的火柴人，所以信息量毋須多。

「所以，我認為牆上那5個火柴人是**屋內的人畫的**。而且，那個屋內人不是別人，正是丘比特先生的夫人！」福爾摩斯**一語道破**。

「啊……」丘比特不敢置信地呆在當場。

「有道理。」華生也認同老搭檔的分析，「從丘比特太太害怕的反應看來，火柴人肯定是畫給她看的。所以，如果那5個火柴人是回應的話，回應者當然就是丘比特太太了。」

「對。」福爾摩斯補充道，「而且，從這麼簡短的回應看來，我估計那顯示出一種決絕的態度。」

「為甚麼這樣說？」丘比特問。

「很簡單。」福爾摩斯分析道，「如果一個人受到威脅，一般會有四種不同的反應：

Ⓐ無視、Ⓑ接受、Ⓒ拒絕接受、Ⓓ嘗試和解。」

「如果那5個火柴人是丘比特太太繪畫的話，肯定不是Ⓐ了。」華生說。

「對。」福爾摩斯說，「而且也不會是Ⓓ，因為丘比特太太要表示**和解**的話，信息量應該多一些，不會只繪畫5個火柴人那麼少。」

「那麼Ⓑ呢？」丘比特擔憂地問，「她是否已接受了**威脅**，所以只作出

簡短的回應呢？」

「也有這個可能，但我認為多半不是。」福爾摩斯推論，「因為，如果她已接受了威脅，就會主動接觸對方，不必以繪畫火柴人的方法來傳達信息。」

「這倒不一定。」華生反駁，「她或許不知道怎樣接觸對方，因此必須繪畫火柴人來傳達求見呢。」

「這其實和 D 的要求和解一樣，詢問求見的方法，信息量應該也會多一點，5個火柴人未必可以表達清楚。」福爾摩斯說。

「那麼，就只剩下 C 的拒絕接受了。」丘比特感到有點安慰，「艾爾茜拒絕接受對方的威脅也好，至少我可以和她站在同一陣線對抗那個威脅者。」

「是的。」福爾摩斯說,「綜合**各種跡象**看來,尊夫人懂得**解讀**火柴人的含意,也懂得利用火柴人來**傳達**信息。所以,她也肯定認識那個威脅者。而且,她知道這個威脅者並非**善男信女**,如果與他正面硬碰,將會有極大危險。不過,這個威脅者一直都是以繪畫火柴人來傳遞信息,證明他也**有所顧忌**,除了尊夫人外,他並不想別人**識穿**他的身份和他企圖傳遞的信息。否

則的話，他該會以更直接的方法來威脅尊夫人。」

「**哼！怎樣也好，我一定要對付他！**」丘比特悻悻然地說。

「你想怎樣對付他？」華生問。

「我叫僕人去請幾個**孔武有力**的小伙子到後花園埋伏，待那個可惡的傢伙出現時，就撲出去把他狠狠地揍一頓，看他還敢不敢再來騷擾艾爾茜！」

「**萬萬不可！**」福爾摩斯警告，「剛才不是說了嗎？此人絕非**善男信女**，尊夫人曾阻止你去追捕他，已證明這一

點。我認為你應該着力於 保護 自己和夫人，而非冒險去追捕。」

「那怎麼辦？難道要我坐以待斃嗎？」

「不，你給我一天時間吧。」福爾摩斯說，「現在已有足夠材料可作分析，相信在一天之內，我就能破解火柴人中隱藏的信息。到時，就可以查出誰是威脅者，然後報警把他拘捕了。」

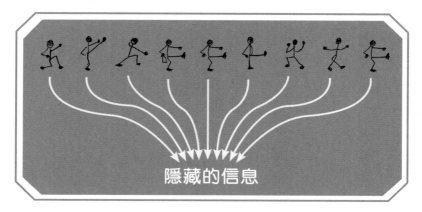

隱藏的信息

「一天時間嗎⋯⋯？」丘比特想了一下，「好吧，我就再多等一天。」

「那麼，請把**火柴人的** 紙條 全部留下來。」

丘比特點頭答允。

「記住，小心保護尊夫人，千萬不要 魯莽
行事 。請回家等待我的好消息吧。」福爾摩斯
再三提醒。

「明白了。」丘比特謝過福爾摩斯和華生
後，就匆匆回家了。

密碼內的信息

「你的朋友看來頗**固執**呢。」福爾摩斯有點擔心地說，「希望他聽我的勸告，不會**魯莽行事**吧。」

「他是一個**嫉惡如仇**的人，眼見妻子受到威脅，**滿腔怒火**也是人之常情。」華生話鋒一轉，問道，「對

了，你真的有信心在一天之內**破解**火柴人的秘密嗎？」

「嘿嘿嘿……」大偵探狡黠地一笑，「早幾天到處遊覽時，我已找到破解**火柴人密碼**的方向了，只是礙於材料不足，尚無法解讀罷了。」

說完，他站在桌邊，把所有紙條都攤在桌上，全情投入到**解碼**的工作上去了。華生知道這個時候不宜打擾，只好坐在一旁靜觀。

福爾摩斯**一動不動**地盯着那幾張紙條

足足一個小時，然後，才從抽屜中取出酒店的信紙，並將之剪成一格格的**方形紙片**，再在上面寫上26個**英文字母**。

「啊……難道那些火柴人是代表不同的英文字母？」華生心中暗自忖度。

接着，他看見老搭檔把英文字母紙片放到紙

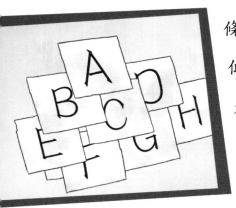

條下面，彷彿在**組合字句**似的把它們排成一行。可是，他盯着那一行字母紙片後，又搖搖頭，再仿如玩**拼圖遊戲**似的把一格格的紙片調來調去。

當他調得滿意時，就會滿足地吹起輕快的口哨來。不過，當被卡住了，他就會盯着眼下的紙片，**眉頭深鎖**。

「怎麼了？破解不了嗎？」華生忍不住問。

　　福爾摩斯擺擺手，示意華生不要說話。然後，他站起來走到窗邊，**全神貫注**地眺望着街外的景致，一看就看了一個小時。看得累了，他又在屋裏來來回回地**走來走去**，不時咬咬煙斗吐幾口煙，又搓搓雙手回到桌子旁邊坐下，繼續玩那叫人摸不着頭腦的**拼字遊戲**。

　　「嘿嘿嘿！終於給我看懂了。」到了黃昏時分，福爾摩斯興奮地向華生說道。

「甚麼？你破解了**火柴人密碼**？」華生驚喜萬分。

「對，破解了。不過，我要出去一下發個 電報，你自己吃晚飯吧。」福爾摩斯說完，頭也不回地下樓去了。華生想追問也來不及，只能目送他離開。

「每次都是這樣，到了關鍵時刻就把我**蒙在鼓裏**，讓我獨個兒**乾着急**。」華生心裏不滿地嘀咕。

到了夜晚，福爾摩斯終於回來了。

「你好晚啊，去了哪裏？」華生問。

「去發 電報 呀。」

「發電報要花那麼多時間嗎？」

「發電報不用花時間，但等回覆卻等了好久。」福爾摩斯說，「足足等了3個小時，才得到對方的 回覆 。」

電報

紐約
警察局

「啊？等誰的回覆？」華生好奇地問。

「 紐約警察局 。」

「甚麼？紐約警察局？」華生赫然一驚，「難道這個案子與 紐約的 罪犯 有關？」

「嘿嘿嘿，有非常重大的關連呢。」福爾摩斯狡黠地一笑，「之後，我又去了中環的警察總局一趟，找到 熟人 調查了一下。」

「你在這裏也有**熟人**？」華生有點驚訝。

「有呀，其實你也認識他。」

「我也認識？是誰？」

「他就是**瓊虎警司***。在綁票案後，他申請來香港工作，看來還幹得頗愉快呢。」

「啊！原來是他，有熟人就好辦了。那麼，有沒有**收穫**？」

福爾摩斯打了個**大呵欠**，擺擺手說：「有是有的，但整天在外跑，好累啊。我不多說了，反正明天一早要去找丘比特先生報告**調查結果**，到時我會詳細說明。先睡吧，晚安。」

---

* 有關瓊虎警司，詳情請看《大偵探福爾摩斯㉟綁匪的靶標》。

說完，福爾摩斯丟下華生，逕自走去睡覺了。

「哎呀，又是這樣，一到緊要關頭就**賣關子**，故意不讓我知道調查結果！太叫人討厭了！」華生恨得牙癢癢。

一宿無話，福爾摩斯與華生一早起來，匆匆洗漱後正想到樓下吃早餐，可是，福爾摩斯尚未開門，就見到**一封信**丟在門縫附近。

「咦？有一封信呢。可能酒店的人怕吵醒我們，昨夜從**門縫**丟進來

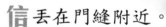

From: Hilton Cubitt
To: Mr. Sherlock Holmes

的。」福爾摩斯撿起來看了看封面說，「是丘比特先生的來信，一定是他派人送來的。」

「這麼晚還**捎**信來，難道有甚麼急事？」華生有點不安地問。

經華生這麼一說，福爾摩斯**眉頭一凜**，急忙把信拆開來看。

福爾摩斯先生：

　　您好！請原諒我這麼晚還要打擾您。

　　今晚10點鐘左右，我家僕人在後花園的地上看到一隻紙飛機，她撿起來打開一看，發現紙上畫了兩排火柴人。我和內子都看了，她驚恐得掩面痛哭，但依然不肯告訴我內情。我從內子的表情感覺到，這次的信息非比尋常，所以馬上命僕人把紙飛機送上，請你看看這些火柴人包含了甚麼信息。

　　　　　　　　　　　　　　　丘比特　敬上

「果然有一隻紙飛機呢。」

福爾摩斯眉頭一皺，「唔？怎麼有股好奇怪的氣味？」

「是嗎？」華生湊到紙飛機上嗅了嗅，「唔！真的呢，是甚麼氣味呢？」

「算了，看內容要緊。」福爾摩斯先不管那是甚麼氣味，連忙把紙飛機打開來細看。

「第1個火柴人是 E……第2個是 L……第3個是 S……第4個是 I……第5個也是 E……連起來就是ELSIE（艾爾茜）。」他一邊看一邊喃喃自語地唸着，但唸着唸着變成只是唇邊在動，輕聲得華生完全不知道他在說甚麼。

不過，他唸到最後又再次讀出聲來：「第

22個是 G……第23個是 ○……第24個是 D，

即是 GOD（上帝）！」

「上帝？甚麼意思？」華生**不明所以**。

「*糟糕！不得了！*」福爾摩斯驚叫，

「馬上去丘比特家，否則就

來不及了！」

去見上帝吧！

　　可是，當他們抵達丘比特於中環半山的家時，已看到兩個穿制服的警察守在門前。華生心中**暗叫不妙**，只好祈禱好友的家中沒發生嚴重的事故。

「瓊虎警司在裏面嗎？如果在的話，請告訴他福爾摩斯來了。」大偵探向門口的警察說。

在警察通傳後，不一刻，高大的**瓊虎警司**出門相迎，他一看到福爾摩斯就揚聲叫道：「你來得正好，我正想找你呢。」

「找我？情況很**嚴重**嗎？」福爾摩斯擔心地問。

「非常嚴重。」瓊虎搖搖頭歎道，「一個**死亡**，一個**重傷**。」

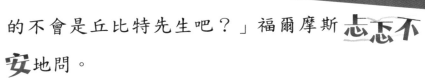

「啊……」華生赫然。

「這麼說的話……死亡的不會是丘比特先生吧？」福爾摩斯**忐忑不安**地問。

「很不幸，正是他，一槍**正中心臟**斃命！」

聞言，福爾摩斯和華生都呆住了。

「真是**命運弄人**，要是酒店的管房昨夜把信拿來時拍門叫醒我們，這宗**血案**就可避免了。」福爾摩斯深深地歎了口氣。

「甚麼意思？」瓊虎摸不着頭腦。

福爾摩斯把今早收到信件的事**一五一十**地告之，並說：「信內還附了一隻**紙飛機**，上面繪畫了24個火柴人，大意是『艾爾茜，準備去見上帝吧。』」

=ELSIE PREPARE
=TO MEET THY GOD

「啊！那些火柴人竟然是這個意思？」華生詫異。

「奇怪……」瓊虎*大惑不解*，「按你這樣說的話，應是有人對丘比特太太不利才對呀！可是，兇手怎會變成她自己呢？」

「**甚麼？兇手是她自己？**」福爾摩斯和華生都不敢相信自己的耳朵。

「據兩個女僕說，她們在樓上的睡房聽到**兩下槍聲**，下來查看時，發現丘比特先生已死了，而丘比特太太則倒在地上*奄奄一息*。由於丘比特夫婦最近常有爭執，她們就認為是太太開槍打死丈夫，然後再**吞槍自殺**。」

華生立即質疑道：「據我所知，他們夫婦感情很好，丘比特太太沒有理由因為爭執而狠心殺夫啊。」

「是嗎？」瓊虎向華生瞟了一眼，「你認識丘比特太太嗎？怎知道她的為人呢？」

「這……」華生頓時語塞。

「當然，女僕的**片面**之詞不能盡信。」瓊虎補充，「不過，我們在書房的地上發現一個裝着**500元美金的公文袋**，這對夫婦之間或許因為金錢問題發生爭執，否則怎樣解釋這筆錢。而且，據趕來搶救的醫生說，丘比特太太的傷口在**左前額**，子彈還留在頭裏，她左手的手袖上有**火藥煙屑**的殘餘，而槍管上又沾了**血跡**。毫無疑問，那是近距離造成的槍傷。」

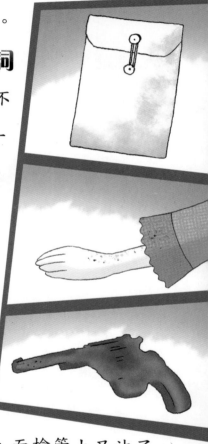

　　福爾摩斯想了想問：「她已被送院了吧？但丘比特先生的遺體還在嗎？」

　　「遺體已被搬走了。」瓊虎說，「不過，除了那個公文袋和一枝掉在地上的、只餘下4

發子彈的**左輪手槍**外，案發現場甚麼也沒動過，你們要看看嗎？」

　　未待福爾摩斯回答，瓊虎已說了聲「請」，就帶領他們走進了大宅。 三人穿過長長的走廊後，來到了面向後花園的書房。

　　華生一踏進書房，就看到地板上有兩個用粉筆畫的**人形**，一個近窗，一個在房間的正中。此外，從粉筆畫的**記號**顯示，**公文袋**掉在窗下，而那枝**左輪手槍**則掉在兩個人形之間。

「哪個是丘比特先生？」福爾摩斯問。

「正中的那一個。」瓊虎指着地上的人形

說，「他的傷口沒有沾上**煙屑**，證明不是近距離被殺的。而手槍掉在兩人中間，則證明兩個女僕的推斷不假，一定是丘比特太太開槍打死了丈夫後，由於**畏罪**而向自己的額頭開了一槍。當她倒下時，手槍就掉在兩人中間的地上了。據女僕們說，丘比特太太是**左撇子**，手槍掉在接近**左手**的位置也合乎邏輯。」

福爾摩斯一邊聽着，一邊**小心翼翼**地繞過地上的人形，走到緊閉着的**玻璃窗**旁，他抬頭往上看了看，又低頭往下看了看。接着，他通過窗口看着外面的景色，並指向後花園的一間磚屋說：「華生，那間應該就是丘比特先生所說的**雜物房**。」

「啊⋯⋯」華生記起，丘比特曾說過，在雜物房的門上和牆上都出現過火柴人圖案。

「這扇窗在案發時是關着的嗎？」福爾摩斯向瓊虎問。

「據兩個女僕說，她們沒有動過窗閂，窗是一直關着的。」

「那麼，丘比特夫婦的衣着怎樣？都穿着睡衣嗎？」

「沒錯，都穿着睡衣。」

福爾摩斯沉思片刻，問：「對了，那兩個目擊事件的女僕在哪裏？」

「在樓上。」瓊虎向上指了一下說，「我叫她們留在自己的房間，不要離開。」

「我可以找她們問話嗎？」

「當然可以，我叫她們下來。」

「不，我們上去吧。」福爾摩斯說，「順便觀察一下環境。」

華生知道，這是福爾摩斯的習慣，除了兇察現場外，他不會放過任何可以觀察周邊環境的機會。而且，兩個女僕在案發時是從樓上的睡房衝下來的，從樓

上到書房的距離、聽到的槍聲有多響亮、衝下來需要多少時間等等，都是必須**考究**的。

　　樓上有一條走廊，走廊的兩邊共有8個房間，4間**向山**，4間**向海**。丘比特夫婦和兩個女僕的睡房都向海，各自處於走廊的兩端。瓊虎已查過了，除了這3個房間外，其餘5個都是**門窗緊閉**的客房，案發時並無人入住。此外，樓下的所有門窗也**關着**，不像曾被人入侵。

向山↑

客房	客房	客房	客房
走廊			
女僕 金太太的 睡房	女僕 桑德斯的 睡房	客房	丘比特夫婦的睡房

向海↓

　　在瓊虎的引領下，福爾摩斯看了一下丘比特夫婦的睡房，然後走到女僕**桑德斯**的房間去問話。她看來仍**驚魂未定**，臉色顯得非常蒼白。

窗口的秘密

「請問你是怎樣知道樓下發生了事的？當時是**幾點鐘**？」福爾摩斯簡單地介紹了一下自己後，**單刀直入**地問道。

「是聲響……一下**巨響**把我吵醒了……我驚醒時看了一下床頭的鬧鐘，知道是深夜**3點**左右。」桑德斯**戰戰兢兢**地憶述，「我不知道發生了甚麼事，於是馬上穿衣服，準備去查看一下。」

砰

「接着呢？」福爾摩斯問。

「接着，當我剛穿好衣服時，又聽到『』的一聲巨響。不過，這聲巨響好像沒第一次那麼響亮。我被嚇了一跳後，馬上衝出房門。這時，**金太太**也從睡房走出來了，她手上還拿着一枝蠟燭。」

「於是，你們就下樓去了？」

「不，我們先到 **主人的睡房** 去。」桑德斯說，「我們……有點害怕，首先想到的是……找丘比特先生。」

「於是，你們走到走廊的另一端，敲了門。對嗎？」

「不……**門開着**，不用敲門也可以看

到⋯⋯房間裏沒有人。」

「門開着？」福爾摩斯問道，「窗呢？房間裏**那扇向海的窗有沒有開着**？」

「窗⋯⋯嗎？」桑德斯說，「窗⋯⋯應該是開着的。最近天氣熱，我和金太太也習慣**開着窗睡覺**。」

「那麼，樓下的門窗呢？」

「樓下嗎？都關着。」桑德斯肯定地說，「主人**千叮萬囑**，說最近有陌生人闖進後花園，叫我們睡覺前必須把樓下所有門窗都關

好。」

華生心中納悶：「福爾摩斯為何那麼在意**門窗**呢？難道當中隱藏着甚麼破案的<u>線索</u>？」他看了看站在一旁的瓊虎，發覺他也眉頭緊鎖，看來也不知道大偵探的**葫蘆**賣甚麼**藥**。

「很好。」福爾摩斯滿意地點點頭後又問道，「你和金太太找不到主人夫婦後，接着怎樣？」

「接着，我和金太太就──」

「噢，對了。」福爾摩斯打斷桑德斯，**出其不意**地問，「你們在下樓之前，有沒有聞到甚麼特別的**氣味**？」

華生知道，這是老搭檔慣用的手法，當問及關鍵的地方時，往往會不經意地吐出一句，殺對手一個**措手不及**，令被盤問者沒有時間以謊言掩飾。

　　「氣味嗎？」桑德斯想了想，「有……有股**火藥的氣味**。」

　　「你肯定？我指是下樓前，不是下樓後啊。」

　　「我肯定。其實，**我一踏出自己的房門，已聞到了那股氣味**。」

　　「很好、很好。」福爾摩斯又滿意地點點頭，「那麼，你們下樓後先往哪裏去？」

　　「由於書房就在樓梯口附近，我們先到**書房**去。」

　　「你們敲了門再進去？」

「不，書房的門開着，我們沒敲門就走了進去。」桑德斯說到這裏，突然哽咽起來，「我們……我們看到……」

「不必再說了。」福爾摩斯拍了一下她的肩膀，安慰道，「謝謝你。你好好休息吧。」

接着，他又走到金太太的房間，問了

85

一遍完全相同的問題，確認答案與桑德斯沒有甚麼差異後，就**成竹在胸**地向瓊虎說：「夠了，回書房去吧。」

回到書房後，華生問道：「你為甚麼不問她們進入書房後的事？那不是更重要嗎？」

瓊虎盯着福爾摩斯，看來也對此頗感疑惑。

「嘿嘿嘿，還用問嗎？」福爾摩斯環視了一下書房說，「只要肯定這裏沒被**動過手腳**，我們完全可以想像得到她們看到的情景。再問下去，只會令她們**傷心**啊。況且，我已確認了最重要的事——**那股火藥氣味**。」

「開槍後自然會有火藥氣味，有何出奇？」

「出奇在於——**桑德斯和金太太的睡房在2樓，為何她們一打開房門就聞到那股味道呢？**」

「氣味會*透過空氣傳播*嘛，這也不懂嗎？」華生沒好氣地說。

「不……」瓊虎摸一摸下巴說，「如果沒有空氣的**對流**，氣味不會那麼快就傳到2樓——」說到這裏時，他猛地打住，轉過頭去看着面向後花園的那扇窗。

「沒錯！那是因為——」福爾摩斯大手一揮，指着窗說，「**案發時，那扇窗是開着的！**」

「啊……」華生終於明白了，「你的意思是，由於那扇窗是 開着 的，外面的 風 從窗口吹了進來，通過書房門口，火藥氣味就迅即被吹到 2樓 去了。」

「沒錯。」福爾摩斯說，「由於兩個女僕都 開着窗 睡覺 ，而樓下的其他門窗都是 關着 的 ，在空氣的 對流作用 下，火藥的氣味只能往上衝，直吹到她們的睡房去。所以，她們一打開門，就聞到了那些 氣味 。」

華生看了看窗外不遠處的那座山，心中疑惑：「可是，這扇窗**面山背海**，那座山就像一道**屏風**那樣擋住了風。老搭檔又怎知道昨晚有風從這扇窗吹進來呢？」

當華生正想提出這個疑問時，瓊虎卻先開口了：「如果這扇窗在案發時是**開着**的。那麼，在案發後**關上窗**的人一定是丘比特太太。」

「對，丘比特先生在第一下槍聲響起後已死了，一個死人不可能**關窗**。」

「可是，她為甚麼要關窗呢？」瓊虎摸不着

頭腦。

「不，在問這個之前，必須先問：『她為甚麼要開窗呢？』」

「甚麼？」瓊虎和華生都不明所以。

開着的窗→關着的窗

「窗要開了才能關呀。」福爾摩斯說得理所當然，「桑德斯不是說了嗎？丘比特先生為防陌生人闖進來，吩咐她在睡覺前必須把樓下的門窗都關好。可是，丘比特太太卻在自殺前把窗關上，就是說，她曾打開過窗。所以，我們必須問：『她為甚麼要在半夜從2樓的睡房下來，打開這個書房的窗呢？』」

「且慢！」瓊虎提出異議，「我們只能肯定 **關窗** 的是她，但不能肯定 **開窗** 的也是她啊。」

「對。」華生附和，「開窗的可能是丘比特先生，他或許半夜睡不着，就走下來看書。天氣熱嘛，所以打開了窗。」

沒有第3槍的話，這個說法或許成立。

「嘿嘿嘿……」福爾摩斯狡黠地往兩人一瞥，「如果案發時沒有 **第3槍** 的話，這個說法或許成立。」

91

第3槍

「第3槍？怎可能？兩個女僕都只聽到**兩下槍聲**呀。而且，掉在地上的那枝左輪手槍只餘下**4發子彈**，這也證明只開了兩槍。」瓊虎質疑。

「真的嗎？」福爾摩斯說着，施施然地走到窗前，伸出瘦長的手指往窗框下的一個**節眼**指去，「如果只開了兩槍，又怎樣說明這一槍？」

「甚麼？」瓊虎**赫然一驚**，趕忙走到窗前蹲下來，他掏出小刀，小心地往那個黑色的小節眼挖去，「啊……果然……果然有**一顆子彈**

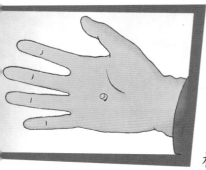

嵌在**節眼**裏！」說着，他已挖出了一顆子彈的彈頭。

「這麼細小的地方，你怎樣發現的？」華生驚訝地向老搭檔問道。

「因為我一直在**找**呀。」福爾摩斯的嘴角泛起微笑，「但你只是在**看**，並沒有去**找**，當然沒發現。」

瓊虎沉思片刻，說：「連這個**彈頭**在內，這個兇案現場共有**3個彈頭**。那麼，第3槍是誰開的呢？」

「問得好。由於比先前估計多了一槍，而你們發現的左輪只開了兩槍，證明**第3槍**一

定是另一枝槍發射的。所以，我們必須重新推

理。」說着，福爾摩斯把3槍整理如下。

(A) 打中節眼那一槍：
由於彈頭嵌在書房內的窗框下，證明
這一槍是在書房內向窗的方向發射
的。所以，這一槍應屬於掉在地上的
那枝左輪的。

(B) 打中丘比特太太左額那一槍：
由於這一槍是近距離發射的，
丘比特太太的左手還留下了
開槍時噴出的火藥煙屑，左
輪的槍管上又沾了血，證明
這一槍也是地上那枝左輪發
射的。

左手——

(C) 打中丘比特先生心臟那一槍：
(A)和(B)已證實是地上那枝左輪發射的，那
麼，這一槍應該是屬於另一枝槍的。

「如果上述推論沒錯，那麼⋯⋯」福爾摩斯眼底閃過一下**寒光**，「殺死丘比特先生的並不是他的太太，而是**另有其人**！」

「可是⋯⋯如果真有 **C** 這一槍的話，為何兩個女僕只聽到 **A** 和 **B** 兩下槍聲呢？」瓊虎呢喃。

「原因很簡單，當 **C** 這一槍打出時，剛好 **A** 那一槍也同時打出，掩蓋了 **C** 的槍聲。女僕

桑德斯不是說過嗎？**第一下**槍聲比**第二下**響亮得多，就證明了這一點。」福爾摩斯說，

「按順序來說，**A**和**C**其實都是**第一下**槍聲，**第二下**槍聲則是**B**那一槍。所以，兩個女僕只聽到兩下槍聲。」

「那麼，開槍打丘比特先生的會是誰呢？」瓊虎問。

「不用說，一定是那個繪畫火柴人的**神秘人**！」華生激動地説。

「你說得對。」福爾摩斯領首道，「丘比特先生曾目擊一個神秘人在雜物房的門前出現，他更曾在這裏埋伏監視。當我知道案發地點在這裏，又發生了槍擊事件後，已馬上懷疑丘比特先生是否曾與人**駁火**。」

華生恍然大悟：「啊，所以你沒有受**槍響的次數**影響，一進來就想找**駁火的痕跡**。」

「沒錯。我很快就發現窗框下被射穿了的節眼。」福爾摩斯向瓊虎瞥了一眼,「但由於節眼本身就是一個**小孔**,不仔細看很難發現,警方沒看到而已。」

「是的,我們確實走漏眼。」瓊虎雖然有點尷尬,但仍佩服地承認。

「不過,要證明這裏曾經**駁火**,必須先證明案發時窗是**開着**的,否則窗的玻璃會被打碎嘛。所以,我到2樓去看看有沒有可讓空氣**對流的窗口**,如果有的話,女僕下樓前,就會馬上聞到**火藥的氣味**。」

事件發生的時序
窗開着 ▶ 駁火 ▶ 有氣流 ▶ 2樓聞到火藥味

福爾摩斯的逆向推理
2樓聞到火藥味 ▶ 有氣流 ▶ 窗開着 ▶ 曾經駁火

「原來如此，怪不得你向她們問氣味的問題了。」華生說。

「確認她們聞到火藥氣味後，我已肯定這裏的窗是開着的。」福爾摩斯說，「我估計，丘比特太太為了平息紛爭，她瞞着丈夫，向神秘人發出了信息，約他昨夜3點到書房的窗前見面，並準備付錢把他打發掉。那個裝着500元美金的公文袋就是物證。」

「不過，這個深夜會面卻給丘比特先生**撞破**了，於是發生了**駁火**。」瓊虎推論。

「對，他們同時開槍。不幸的是，丘比特先生**中槍身亡**，他自己開的那一槍卻沒打中神秘人，而打在窗框下的**節眼**上。」

「原來如此。」華生終於明白了。

「接着，神秘人知道事敗，於是馬上逃走。但丘比特太太惟恐他會掉頭回來，馬上把窗**關**上。可是，當她發現丈夫已死後，在心碎之下就**開槍自殺**了。」

「唔⋯⋯有道理。」瓊虎沉吟，「可惜的是，丘比特太太仍然昏迷，我們無法從她的口中查探那個神秘人的行蹤。」

「不必查探，我已知道他的行蹤。」

「甚麼？你怎知道的？」

「那個神秘人告訴我的。」

「怎可能？現在不是開玩笑的時候啊！」

「不是開玩笑。你忘了嗎？我已破解了那些火柴人隱藏的信息呀。」

「啊！難道那些火柴人透露了他的行蹤？」

「沒錯。火柴信息顯示，他名叫阿貝·斯萊尼（ABE SLANEY）。」

「阿貝·斯萊尼？」

「是。我發電報向紐約警方調查艾爾茜與

此人的關係時，還得到了意外

的情報。」福爾摩斯說，「原

來艾爾茜出身唐人街，其

父綽號鐵拐李，在年輕時

借開武館之名創立了黑幫

青龍會。阿貝是幫會頭目

之一，特徵是左前臂上有

一條仿如閃電的刀疤，

所以綽號叫閃電手阿

貝。年前，鐵拐李病逝，艾爾茜在父親的葬禮

後突然失蹤。兩個月後，幫會中人為爭當龍頭

老大而內訌，阿貝殺了幾個同門後被警方通

緝。」

「原來如此，難怪艾爾茜不肯透露身世

了。」華生恍然大悟。

　　「月前，紐約警方收到線報，指阿貝已登上 **郵輪** 逃往香港，很有可能寄居於一間 **武館** 之中。」福爾摩斯說，「不過，有一點不明白

的是，阿貝發出的火柴人信息上，說他自己在一艘郵輪 **亞蓋爾號**（ARGYLE）上。可是，我查閱過報紙上的船期表，知道這艘 **英國郵輪** 現在並沒停泊在香港啊。」

　　「這確實有點奇怪。」華生說。

　　「更奇怪的是，火柴人信息寫的是AT ARGYLE（**在亞蓋爾**）。如果是在船上

的話，應該寫作「ON」而不是用「AT」*。

一個美國人不會犯這種簡單的文法錯誤呀。」

「AT ARGYLE 嗎？」瓊虎想了想，忽然大笑道，「哈哈哈，福爾摩斯，你完全搞錯了。」

「我搞錯了甚麼？」

「哈哈哈，ARGYLE 確是一艘在印度與南中國之間航行的英國郵輪，但在香港也是一條街的名稱啊。」

「甚麼？」福爾摩斯大為驚訝。

「那條街叫 ARGYLE STREET（亞皆老街），在九龍的旺角。」

「原來如此。」福爾摩斯說，「那麼，我們

已幾可確定他 **匿藏的地點** 了。他一定是藏身於亞皆老街的一間武館裏。」

「武館……」瓊虎想了想，「紐約警方的消息來源準確嗎？」

「應該相當準確。」福爾摩斯說，「我記得丘比特先生曾說過，他太太在山頂公園看到人**練拳**而非常驚慌。看來，那個練拳者其實是一個**信差**，只不過是**用打拳的動作來傳遞信息**而已，作用就像火柴人一樣。」

「啊！我明白了！」華生喊道，**「那些火柴人的動作看起來就像打拳！」**

「沒錯，紐約警方的電報提到**武館**時，我馬上就聯想到**兩者的關係**了。因為，武館就是一個打拳的地方，找一個這樣的信差**輕而易舉**。」

「這麼說來，那間武館一定是在**亞皆老街**了！」華生說。

「好！我召集幾十個警察逐一搜查那兒的武館，相信一定可以把阿貝找出來。」瓊虎**磨拳擦掌**地說。

「不，這樣的話肯定會**打草驚蛇**。而且對方有槍，傷及無辜就不好了。」福爾摩斯反對。

「那怎麼辦？」華生問。

「我們先去看看亞皆老街有多少間武館，如

果不多的話，只要不動聲色地暗地裏逐一調查，相信很容易就會找到阿貝的行蹤。」福爾摩斯提議。

　　「這也好。」瓊虎同意，「不必勞師動眾就能把他拘捕的話，就最省事了。」

誘敵離巢

　　為了**掩人耳目**，瓊虎脫去制服換成**便裝**，與福爾摩斯兩人去到了亞皆老街。他先到區內的警局查問了一下，得悉這條街上只有**四家武館**。

三人假裝成遊客，逐一在這四家武館的門前經過。走了一圈後，福爾摩斯向華生和瓊虎問道：「記得我們經過**第三家武館**的門口時，聞到一股很特別的**氣味**嗎？」

　　「是嗎？」瓊虎搖搖頭，「我只注意看出入武館的人，沒注意甚麼氣味啊。」

　　「我也沒注意到。」華生問，「那股氣味有**可疑**嗎？」

　　「唔……我也不敢肯定。」福爾摩斯**攢眉苦思**，「但是，總覺得那氣味**似曾相識**……」

「你平時**嗅覺**都很靈敏，連人家抽甚麼雪茄也一聞就知道，怎會想不出是甚麼氣味呢？」華生挖苦道。

「唔……那是一股**很陌生的氣味**，但又好像最近聞過……究竟是——」突然，福爾摩斯眼前一亮，「啊！我太大意了！那不就是那隻**紙飛機**的氣味嗎？」

說完，他馬上掏出丘比特派人送來的那隻紙飛機，放到鼻尖前使勁地吸了一口氣。

「**哈哈！沒錯！**」福爾摩斯大喜，「剛才經過第三家武館時，正是聞到這股氣味。」

瓊虎連忙湊過去聞了聞，驀然驚覺：「啊！這是**煮中藥**時發出的氣味。我初來香港時調

查過一宗發生在一家 中醫館 的命案，那家醫館內就充滿了這種氣味。」

「原來是**煮中藥的氣味**，怪不得我從未聞過啦。」福爾摩斯恍然大悟。

「為何**練拳的地方**會有這種氣味呢？」華生問。

「香港的武館跟我們的拳館不同，它們大都兼營**跌打扭傷**，有一些武館的師傅更是**中醫師**，除了看病還會為病人煮藥。」瓊虎說，「剛才經過的那家，可能正是兼營中醫的武館。」

「嘿嘿，一定是煮中藥時冒出的**氣味滲到紙上**，所以紙飛機才會發出中藥的氣味，

就像印度餐館的收據都有股咖喱味一樣。」福爾摩斯說罷，眼底閃過一下銳利的光芒，「**毫無疑問，那家武館就是阿貝的藏身之所！**」

「太好了！」瓊虎興奮地說，「既然已知道人在哪裏，我們馬上進去**搜捕**吧！」

「且慢。」福爾摩斯連忙勸阻，「別忘了那是武館，裏面的人肯定個個**孔武有力**，貿然強攻可能會遇上反抗，被他乘亂逃去就麻煩了。」

「有道理，但你有何提議？」

「**我寫張字條請他出來吧。**」

「甚麼？」華生和瓊虎都不明所以。

「不明白嗎？我懂得**火柴人密碼**呀。」

福爾摩斯說，「阿貝昨夜在昏暗的環境下開了

一槍，連錢也沒拿就逃走，應該不知道艾爾茜

後來**自殺垂危**。我只要以**她的名義**寫一

張火柴人字條約他見面。他一定會從武館走出

來，這麼一來，他就會任由我們宰割了。」

「好計！」瓊虎佩服萬分。

三人馬上走進附近一家餐

館佯裝用餐。福爾摩斯借來一

張白紙，在上面畫了**14個**

火柴人，然後塞了幾塊錢

給一個侍應，着他把紙條送

到那家武館去。

「記住，你說

是艾爾茜小姐叫你

送去的。」福爾摩斯向侍應**再三叮囑**道。

待侍應出門後，三人立即尾隨，看着他把字條送進武館後，就在街角暗處埋伏。

果然，字條送進武館不到10分鐘，一個健碩的**中年男人**已匆匆步出。

福爾摩斯向瓊虎和華生遞了個**眼色**，然後悄悄

地閃到那男人背後，一手搭在他的肩膀上說：

「**阿貝！** 你不是在紐約嗎？怎會在這裏的？」

那男人赫然一驚，連忙回過頭來。

「阿貝，是我呀，不認得我嗎？」福爾摩斯故意**嬉皮笑臉**地說，「我們在紐約唐人街的中餐館一起吃過飯，是兩年前**鐵拐李**把你介紹給我認識的。這麼快就忘記了？」

那男人眼中閃過一下愕然，但馬上臉色一沉，道：「先生，你認錯人了。」

「怎會？」福爾摩斯搶前一步，故意壓低聲音道，「我知道紐約警方正通緝你，但你不必害怕，大家都是黑道中人嘛，我不會說出去的。」

聞言，那男人霎時目露兇光，惡狠狠地說：「先生，我不是說你認錯人了嗎？我沒空跟你瞎扯。」

「真的認錯人了嗎？不會吧？」福爾摩斯指一指男人左前臂上的刀疤冷笑道，「嘿嘿嘿，我就算認錯人，也不會認錯這條刀疤啊。對了，艾爾茜寫

給你的那張**字條**呢？不，我該說，我寫給你的那張字條呢？該在你的口袋裏吧？**閃電手阿貝‧斯萊尼先生！**」

「甚麼？」阿貝大吃一驚，迅即往腰間摸去。

但說時遲那時快，剛才已偷偷繞到其身後

的瓊虎已舉槍指着他的後腦，並喝道：「**不得妄動！否則槍下無情！**」同一剎那，福爾摩斯已一手拔去阿貝腰間的手槍。

破解火柴人密碼

　　阿貝被押到警局的審訊室後，初時仍死不認罪。但是，驗屍官已從丘比特的遺體內找到了**彈頭**，其**彈紋**與阿貝的手槍完全**吻合**。在鐵證之下，阿貝不得不**如實招來**。

　　原來，阿貝是個孤兒，由鐵拐李哺育成人，與艾爾茜更是**青梅竹馬**的玩伴。鐵拐李生前想招阿貝為婿，

但艾爾茜只當阿貝是**哥哥**，並沒有**男女**之間的愛情，故一直沒有答允。其父死後，

她趁機離家出走，一來可以擺脫她自小已討厭的**黑幫家族**，二來也可以擺脫阿貝的糾纏。

不久，阿貝因殺死同門被通緝。他在逃亡時，查得艾爾茜已去了香港，於是就寫信告知會找她**再續前緣**。一個月後，他果然偷渡抵港，但礙於**帶罪**之身不便張揚，就以幫會通信用的火柴人密碼來向她傳遞信息。據說，這套密碼是鐵拐李從**拳譜**得到啟發而發明的。

然而，艾爾茜堅拒會面，並在雜物房的外牆上寫上「NEVER」（絕不）的信息。阿貝看到後大怒，就以紙飛機作出最後警告。及後，一如福爾摩斯所料，艾爾茜向他發了封密函，說準備了500元美金**分手費**以換取

自由，並相約深夜3點到書房的窗旁見面。

　　阿貝應約來到時，書房的窗是 開着 的，他看到艾爾茜站在屋內。當他走近準備收錢之際，一個黑影突然閃出向他 舉槍發射 ，他於

是馬上 開槍還擊 。

　　「黑夜中的槍聲特別響亮，我只好馬上逃走。但我不知道打死了人，更不知道艾爾茜會 吞槍自殺 。早知如此，我就不來找她了。」阿貝懊悔地說。

　　「現在悔恨已太遲了。」瓊虎冷冷地道，「擦乾淨脖子，等上 斷頭台 吧。」

真相大白後，福爾摩斯和華生踏出了審訊室。不過，華生仍然不明白老搭檔如何破解那些**火柴人密碼**。

　　「其實，破解的方法並不複雜。」福爾摩斯道，「當你察覺那些火柴人其實是代表**英文字母**後，幾乎就能解讀當中的意思了。」

　　「是嗎？但你仍得找出每個火柴人所代表的字母呀。這對我來說太難了。」

　　「知道**字母的規律**就不難了。在英文中，出現得最頻繁的字母是『**E**』，就算在一句短句裏，它也是最常出現的。所以，我看到第一張繪畫了15個火柴人的紙條時，發現其中**4個的動作**一樣，已幾可肯定它們都代表

『Ｅ』。」福爾摩斯解釋道，「此外，由於英文句子的**單詞之間**都必須有**間隔**，接着，就要找出那些間隔的位置。15個火柴人中，只有3個手上拿着**手帕**，很明顯，那是代表間隔。所以，我馬上知道那15個火柴人其實由**4個單詞**組成。」

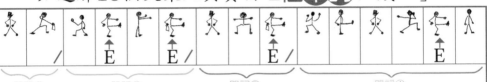

單詞① 單詞② 單詞③ 單詞④

「有道理。」華生說，「但其他火柴人又如何解讀？」

「由於英文字母出現的頻繁度可按Ｔ、Ａ、Ｏ、Ｉ、Ｎ、Ｓ、Ｈ、Ｒ、Ｄ、Ｌ的順序來分，但Ｔ、Ａ、Ｏ、Ｉ的頻繁度幾乎**不相上下**，在

樣本不足的情況下，我無法開展解讀的工作。」

「所以，你當時要求丘比特先生收集多一些**火柴人樣本**。」

「對。」福爾摩斯說，「他第二次來找我們時，帶來了3張紙條，當中有2張是**短句**，1張則是只有5個火柴人的**單詞**，而其中兩個火柴人正是『E』。」

「5個字母中有兩個是『E』的單詞嗎？」華生想了想，「最常見的應該是『SEVER』（切斷、中斷）、『LEVER』（槓桿、把柄）和『NEVER』（絕不）吧？」

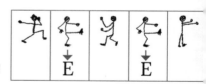

「正是。」福爾摩斯說，「我之前已分析過這個單詞，知道這是丘比特太太對威脅者的**決**

絕回應，所以這個單詞應是『NEVER』

（絕不）。就是說，我也找到了與『N、V、

R』對應的火柴人了。」

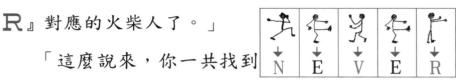

「這麼說來，你一共找到

了『E、N、V、R』4個字母的火柴人了。」

「沒錯。但仍然太少。」福爾摩斯說，「不

過，要是發信人互相認識，一般都會在信中提

及**對方的名字**。於是，我嘗試找尋丘比特太

太的英文名『ELSIE』（艾爾茜）。說來也

不相信，我很輕易就在第2張紙條中找到了。」

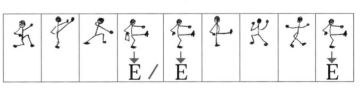

「啊！我知道了。」華生說，「由

於紙條中的**第2個單詞**只有5個

字母，而頭尾都是『E』，這與

『ELSIE』**不謀而合**。」

「不僅如此，我也順便推算出這張紙條的**第1個單詞**的字母呢。」

福爾摩斯說，「因為，我已認定那神秘人是個威脅者，在『ELSIE』（艾爾茜）之前的單詞，一定是某種**命令**。由於這個單詞的最後一個字母是『E』，所以我估計它就是『COME』。」

「太厲害了！」華生驚歎，「這樣的話，你在『E、N、V、R』之外，又找到了『L、S、I』和『C、O、M』6個字母的火柴人了！」

「好了，這個時候要回到第1張紙條去

了。」福爾摩斯說，「除了已找到的『E』外，我們已可以填上『M』、『R』、『S』、『L』和『N』。」

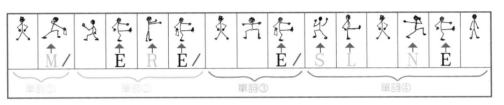

「第2個單詞是『？ERE』，看來是『HERE』呢。」華生說。

「對，除了這個之外，第1個單詞只有兩個字母，答案也實在太明顯了，應該是『AM』。就是說，我找到了『A』的火柴人。非常幸運的是，這句短句中還有兩個代表『A』的火柴人。」

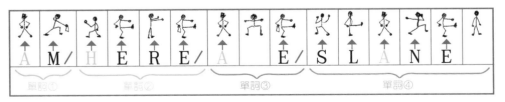

「『A？E』和『SLANE？』嗎？不

用說，就是『ABE SLANEY』（阿貝·斯萊尼）了。」華生**不假思索**地說。

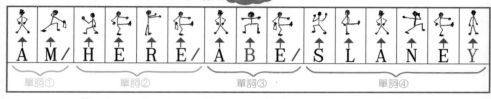

「對，常用的英文姓氏和名字，確實只能找出這麼一個。」福爾摩斯說，「所以，我馬上發了封電報給紐約警察局，由於阿貝·斯萊尼是個**通緝犯**，他們一查就查出他的背景了。」

「原來如此。」

「於是，除了先前的『E、N、V、R、L、S、I、C、O、M』等10個字母外，我還確認了代表『A、H、B、Y』的火柴人。

由於手頭上的字母已足夠了，我馬上就併出剩下的那張紙條的意思。」

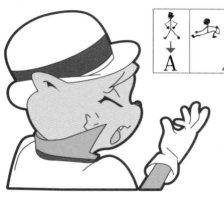

「太厲害了！」華生佩服地說，「你開始時只得一個代表『E』的火柴人，但一步一步推理下去，就把所有密碼都找出來了，實在了不起！」

「也沒甚麼了不起。」福爾摩斯擺擺手道，「記得我從你左手虎口上的白粉，就推論出你放棄投資南非礦場的事嗎？其實，兩者的原理是一樣的。最初，你可能只得一個線索，但只要結合其他已知的資訊，一步一步推理下去，就不難破解看似高深，其實是顯而易見的結果。」

「是嗎？但我卻沒有這個能耐啊。」

「不過，這次雖然破了案，也把犯人繩之以法了。」福爾摩斯歎息道，「可惜的是，我沒法及時阻止兇案發生，令你失去了一個好友。這是最遺憾的。」

「是的……」華生黯然道，「艾爾茜仍然昏迷，不知道何時才會醒來……」

當倫敦的樹葉逐漸染紅時，福爾摩斯和華生收到瓊虎警司的來信，信中指丘比特太太仍未甦醒，但醫生卻發現她已懷孕3個月了。

在大雪紛飛的一天，兩人又收到瓊虎的來信，信中指丘比特太太奇跡地甦醒了。她雖然仍然非常傷心，但在得悉懷了孩子後，已表示不會再尋死了。

當艷麗的杜鵑開滿了倫敦的公園時，兩人又收到瓊虎的來信，信中這樣寫道：「丘比特太太早產了兩個月，但幸好母子平安，小嬰兒也非常可愛。看到丘比特太太抱着嬰兒那個歡欣的樣子，我知道她已逐漸走出悲傷，更在嬰孩身上獲得了活下去的力量，請你們不用擔心。」

【海風與陸風】

在氣象學上，「海風」是指白天從海洋吹往沿海陸地的風。反之，「陸風」則是指晚間從沿海陸地吹往海洋的風。這兩種風主要是由於氣溫的變化而形成的。

在日間，太陽照射着陸地和海洋，由於陸地受熱快，空氣膨脹（空氣密度減少）上升，令陸地的氣壓下降。反之，海洋受熱慢，氣壓比陸地高，空氣就會由氣壓較高的海洋流向氣壓較低的陸地了。這股氣流，就是海風。

不過到了夜晚，陸地散熱較快，空氣收縮（空氣密度增加），上空的空氣就向下沉，令陸地的氣壓增高。相較之下，由於海洋散熱較慢，其氣壓反而變低了。這麼一來，空氣就會由陸地流向氣壓較低的海洋了。這股氣流，就是陸風。

在本案中，案發現場的書房向山（陸地）背海（海洋），加上香港位處沿海地區，日間又陽光普照，所以福爾摩斯知道案發當晚吹的是「陸風」。由於女僕們在樓上聞到火藥的煙屑氣味，他馬上就知道——案發時，書房的窗是開着的。這個發現，就成為了破案的關鍵。

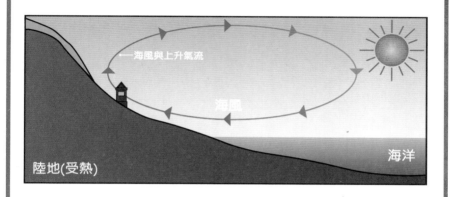

海風與上升氣流

海風

陸地(受熱)

海洋

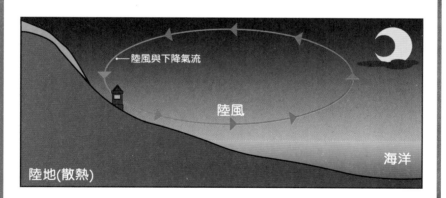

陸風與下降氣流

陸風

陸地(散熱)

海洋

火柴人密碼對照表

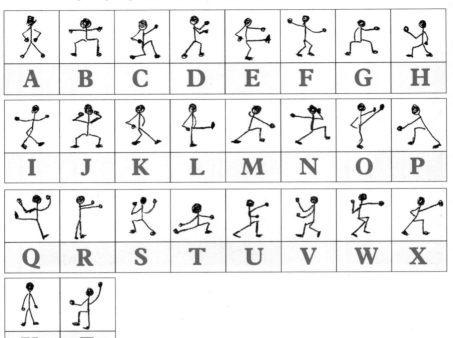

福爾摩斯科學小實驗
空氣的對流！

這次全靠你發現空氣的對流，才能案破呢。

是啊，不如來做個對流的實驗玩玩吧。

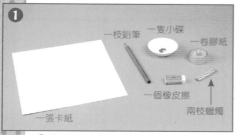

① 一枝鉛筆　一隻小碟　一卷膠紙
一個橡皮擦
兩枝蠟燭
一張卡紙

 請準備以上材料

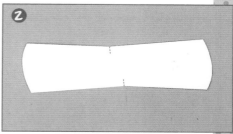

② 把卡紙剪成以上形狀，並在虛線位置剪開。

③ 把②的卡紙摺成翅膀形狀，並在中間向下屈曲。

④ 把鉛筆豎立在橡皮擦上，並用膠紙貼好固定。

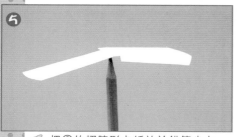

⑤ 把③的翅膀形卡紙放於鉛筆尖上，並確保兩邊平衡。

⑥ 把點着了的蠟燭置於翅膀形卡紙下方。看！「翅膀」旋轉起來了。

注意：此實驗必須由大人陪同在沒有風和易燃品的地方進行。把點着了的蠟燭置於翅膀形卡紙下方時，請小心卡紙掉下被蠟燭燒着。

科學
解謎

為甚麼在蠟燭上的卡紙會旋轉起來呢？這是由於空氣受熱後向上升，形成一股上升的氣流。這股氣流碰到卡紙後，就會推動卡紙旋轉。此外，受熱的空氣上升後，四周的冷空氣會馬上流入補充。這個冷熱交替的現象，稱之為「對流」。故此，右圖的過程會循環不息，直至蠟燭熄滅為止。

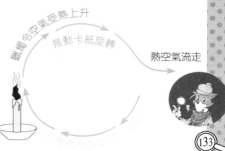

蠟燭令空氣受熱上升
推動卡紙旋轉
熱空氣流走

密碼①

你在畫甚麼？

給福爾摩斯的密碼。

要密碼幹嗎？不能直接講嗎？

給他一點面子。

甚麼意思？

這是追收欠租的密碼呀！

密碼②

你在畫甚麼？

給福爾摩斯的密碼。

要密碼幹嗎？不能直接講嗎？

給他一點面子。

甚麼意思？

提醒他，叫他快逃。

大偵探 福爾摩斯 解碼緝兇 ⑤

原著 / 柯南·道爾
（本書根據柯南·道爾之《The Adventure of The Dancing Men》改編而成。）

改編&監製 / 厲河　　繪畫（線稿）/ 鄭江輝　　繪畫（造景）/ 李少棠

着色 / 陳沃龍、麥國龍　　　科學插圖 / 麥國龍　　　造景協力 / 周嘉詠

封面設計 / 陳沃龍　　內文設計 / 葉承志、麥國龍　　編輯 / 盧冠麟、郭天寶

出版
匯識教育有限公司
香港柴灣祥利街9號祥利工業大廈2樓A室

承印
天虹印刷有限公司
香港九龍新蒲崗大有街26-28號3-4樓

發行
同德書報有限公司
九龍官塘大業街34號楊耀松（第五）工業大廈地下
電話：(852)3551 3388　　傳真：(852)3551 3300

第一次印刷發行　　　　　　　　　　　　　　　　2019年3月
第五次印刷發行　　　　　　　　　　　　　　　　2021年10月
Text：©Lui Hok Cheung　　　　　　　　　　　　翻印必究
© 2019 Rightman Publishing Ltd. All rights reserved.

想看《大偵探福爾摩斯》的
最新消息或發表你的意見，
請登入以下facebook專頁網址。
www.facebook.com/great.holmes

ISBN:978-988-78645-1-6
港幣定價 HK$60
台幣定價 NT$300

發現本書缺頁或破損，
請致電25158787與本社聯絡。

網上選購方便快捷　　購滿$100郵費全免
詳情請登網址 www.rightman.net